MAZAGRAN!!!

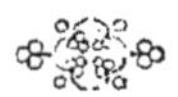

RÉCIT POÉTIQUE

DES

JOURNÉES DES 3, 4, 5 ET 6 FÉVRIER 1840;

Par ANTONY DUVIVIER

(du Morvan).

PRIX : 1 FRANC.

TROYES,

IMPRIMERIE D'ANNER - ANDRÉ,

Place de l'Hôtel-de-Ville, 5 et 7.

1841.

MAZAGRAN !..

MAZAGRAN !..

RÉCIT POÉTIQUE

DES

JOURNÉES DES 3, 4, 5 ET 6 FÉVRIER 1840;

Par ANTONY DUVIVIER

(du Morvan).

TROYES,

IMPRIMERIE D'ANNER-ANDRÉ,

PLACE DE L'HÔTEL-DE-VILLE, 5 ET 7.

—

1841.

AUX
HÉROS DE MAZAGRAN.

LELIÈVRE, capitaine au 1ᵉʳ bataillon d'Afrique, commandant de la place ;

MAGNIEN, lieutenant, commandant la 10ᵉ division ;

DURAND, sous-lieutenant ;

VILLEMOT, sergent-major ;

GIRONT, sergent ;

TAINE, fourrier ;

MUSTER, caporal ;

LEBORGNE,

COURTÈS,

EDET,

GAGIER,

VOMILLON,

RENAUD,

HERMET,

MARCOT

VARENT,

FLARNON,

    Etc., etc.

       Chasseurs
de la 10ᵉ compagnie.

« On se battit quatre jours et quatre nuits. C'étaient quatre grands
» jours, car ils ne commençaient pas et ne finissaient pas au son
» du tambour. C'étaient des jours noirs, car la fumée de la pou-
» dre obscurcissait les rayons du soleil ; et les nuits étaient des
» nuits de feu, éclairées par les flammes des bivouacs et par celles
» des amorces. »

Extrait d'une lettre écrite par un Arabe de
Mostaganem, à un Arabe de l'intérieur, sur
la défense de Mazagran.

MAZAGRAN. [1]

I,

Vieux guerriers blanchis dans les camps,
　Ne venez plus nous dire
　Avec le noble orgueil qu'inspire
　Le récit de faits éclatants :
« La gloire militaire est morte avec l'empire..... »

(1) Mazagran est situé à l'ouest et à une distance d'environ 7,000ᵐ de Mostaganem, dans la province d'Oran. Cette petite ville ruinée occupe le versant d'une colline assez raide, et forme un grand triangle, au sommet duquel se trouve un réduit qui domine la plaine, la mer et le bas de la ville.

Pour nous elle est de tous les temps !
Elle est écrite, cette gloire,
A chaque page de l'histoire !....

Vous, vous avez, pendant vingt ans,
Promené vos pas conquérants
Des bords du Nil aux flots de la Baltique !
A vous Arcole, Austerlitz et Wagram !...
A vous l'Europe !.... A nous l'Afrique !
A nous l'Afrique et Mazagran !

II.

Le jour où notre armée entra dans Coustantine,
Abd-el-Kader, jetant, du haut d'une colline,
Sur la ville d'Achmet de douloureux regards,
Vit partout sur les murs flotter nos étendards.
Il sentit à son cœur monter toute la rage
Qu'on sent quand le destin trahit notre courage.
Il rugit furieux ; et sa main à son front
Se porta, comme pour effacer un affront.

« Constantine aux Français !... Nos luttes acharnées
    » N'ont pu, dit-il, en tant d'années
    » Suspendre un instant leurs succès ?...
» Vainqueurs encor, toujours !.. Ne pourrons-nous
                                            [jamais
» Ecraser sous les pieds de nos chevaux rapides
    » Tous leurs bataillons intrépides,
    » Et cependant si peu nombreux ?...
    » Jamais !... jamais... Oh ! c'est affreux !....

» Armons-nous pour une autre guerre !
» Dieu combattra pour nous !.... Guerre à mort aux
[Français !
» Et si la fortune est contraire,
» Nous mourrons ; mais, du moins, nous mourrons
[satisfaits :
» Guerre à mort aux Français !... »

                    Et d'une main crispée
Le farouche guerrier, saisissant son épée,
L'agite sur sa tête, en jurant de venger
        Achmet et sa patrie,
        Et de délivrer l'Algérie
        Du joug de l'étranger !

« Guerre à mort aux Français !... » hurlèrent mille
[bouches ;
    Et les Bédouins fanatisés,
    L'œil en feu, les regards farouches,
Brandirent à la fois leurs glaives damassés.

III.

Le lendemain, parti du haut de la montagne,
Ce flot impétueux par toute la campagne
    S'est bientôt répandu...
De tribus en tribus, de village en village,
    La guerre se propage ;
A l'appel de l'émir chacun a répondu.

    Ceux qui, dans une autre bataille,
    Ont vu tomber sous la mitraille
    Un père, un fils, quelques parents ;
    Et puis cette jeunesse ardente,
    A l'âme fière, indépendante,
    Que l'on rencontre aux premiers rangs :
Tous ceux dont le cœur saigne en voyant leur patrie
Sous un joug étranger trop long-temps asservie,
Autour d'Abd-el-Kader se sont vite empressés.

Il sont nombreux déjà ; mais ce n'est point assez
    Pour triompher dans cette guerre....
Pour que tous les Français enfin soient terrassés,
    Il faut que l'Algérie entière
Se lève.... et les Français seront chassés !

    « Allons ! que les enfants et que les femmes
        » Gagnent la cime de ces monts,
        » Puis, que derrière nous les flammes
        » Dévorent toutes les moissons !

        » Bien ! dit le chef; cet incendie
    » Eclairera notre marche ce soir !
        » Il faut, pour sauver la patrie,
        » Ne laisser ici nul espoir !...
    » Bien !... Maintenant, il faut vaincre pour vivre !
        » C'est une guerre à mort ! Allez !
    » Si quelques-uns refusent de vous suivre,
    » Frappez, et sans quartier !.. Qu'ils soient tous im -
                            [molés... »

IV.

Or, pendant qu'autour d'eux s'amoncelait l'orage,
Que faisaient nos soldats?... A l'ombre des traités
Ils laissaient au repos s'engourdir leur courage.

Cependant, dans leurs camps sont bientôt répétés
Les bruits qu'Abd-el-Kader assemble son armée,
Et que la *Guerre Sainte* est partout proclamée !
    Ils se lèvent alors !
Le général en chef dispose tous les corps,
    Les réunit, les dissémine ;
    A chacun son poste à garder :
A ceux-ci la vallée, à ceux-là la colline....
Et chacun de pied ferme attend Abd-el-Kader.

Mazagran est remis au Bataillon d'Afrique,
A cent vingt-trois soldats d'une trempe héroïque,

D'un courage vraiment français;
A des hommes de fer, comme en avait l'Empire.
A chacun d'eux le général peut dire :
« Va te faire tuer ! » Il répondra : « J'y vais ! »

Tous attendaient l'Emir !.., et notre compagnie,
Pour charmer ses loisirs, menait joyeuse vie :
Selon son habitude, elle jouait, chantait,
Se divertissait à son aise....
La veille d'Austerlitz, tranquille sur sa chaise,
Napoléon dormait !

Cependant les Bédouins, qu'on avait vus paraître
A l'horizon, puis disparaître
Avec les ombres de la nuit,
Sont signalés par les vedettes...
Ils s'abattent sur le réduit,
Brandissant autour de leurs têtes
Leur terrible yatagan,
Poussant des cris sauvages
A glacer de terreur les plus hardis courages,
A faire crouler Mazagran !...

V.

Mais cette invasion soudaine (1)
De la montagne et de la plaine,
N'a point effrayé nos soldats :
Ils ont vu la cavalerie
Envelopper les murs, l'infanterie,
Hurlant toujours de féroces hourras,
Pénétrer dans la ville
Et cerner leur asile......
Ils ne se rendront pas !

(1) L'attaque fut tellement impétueuse et brusque, que le lieutenant Magnien, qui était hors de l'enceinte, fut obligé de se faire hisser dans l'intérieur, à l'aide d'une corde.

Bientôt après, le feu commence (1)
De tous les côtés à la fois !....

Oh ! contre cette armée immense
Que peuvent donc nos CENT VINGT-TROIS ?...
Ils savent tous que le courage
Peut seul contre le nombre assurer le succès,
Que de lui seul vient l'avantage :
Ils sont braves, ils sont Français !...

Toute chose en leurs mains deviendra meurtrière :
A tous les coups, ils répondront
Avec la baïonnette ou bien avec la pierre,
Puis... ils mourront.

Déjà le canon, la mitraille
De leur retranchement entament la muraille,
Et l'ennemi déjà se croit vainqueur.

Le danger des Français a centuplé l'ardeur !

(1) 4 février.

C'est en vain que l'infanterie
Monte à l'assaut à rangs pressés !
Le nombre cède à l'énergie.....
Les Arabes sont renversés !...

VI.

Le combat ne cessa que quand la nuit fut sombre.
  Cependant, pour surprendre le réduit,
    Les Arabes, toute la nuit,
    Se glissent et rôdent dans l'ombre....
Mais notre bataillon n'était point endormi :
Il réparait, avec la pioche et la truelle,
    Les brèches qu'à sa citadelle
    Avait ouvertes l'ennemi...

    Pendant que nos soldats réparent,
    Radoubent leur retranchement,
  De leur côté, les Bédouins se préparent
A les presser encore avec acharnement ;

Ils sont deux cents contre un; et l'on croira, sans doute,
Que, pour vaincre, ils sont assez forts ?
Non !... Pour nous enlever cette pauvre redoute,
Il leur faut des renforts !...

Les renforts demandés, avec le jour arrivent (1),
De tous côtés à la fois, par milliers....
Plus de cent dix tribus pour combattre s'inscrivent;
L'horizon n'est que cavaliers.
De tous les points de la montagne,
Quelque nuage armé descend,
Et l'on entend au loin résonner la campagne
Sous le galop retentissant.

A chaque instant les lignes s'épaississent,
S'approchent et se réunissent;
Leurs forces vont toujours en grossissant ;
C'est bientôt une armée entière
Venant se joindre à la première.

Elle se porte en rugissant

(1) le 5.

Contre les faibles murs de notre citadelle...
   C'en est fait !... Que pourront contre elle
   Cent vingt-trois soldats, ô mon Dieu ?...

Le canon de l'Emir a commencé le feu ;
   La pierre cède, une brèche s'est faite,
     Et deux mille hommes aussitôt,
     Croyant la victoire complète,
     Se précipitent à l'assaut. (1)

(1) Une forte récompense, 100 boudjoux (180 fr.), en cas de succès, était promise à chacun d'eux.

VII.

Oh ! c'est alors que l'héroïsme
Des CENT VINGT-TROIS atteint son paroxisme !...
Ils mourront, s'il le faut,
Mais ils ne mourront pas, du moins, sans se défendre.
LELIÈVRE a fait comprendre
A ses braves soldats
Que le courage seul ici ne suffit pas,
Qu'ils doivent employer les forces de l'adresse.
Ils simulent la mort... tout se tait.... le feu cesse.....
Couchés tous à plat-ventre, au pied de leur réduit,
Ils attendent armés... ils attendent... nul bruit
N'interrompt un instant leur sublime silence.....

L'Arabe donne au piége... il croit qu'ils sont tous morts !

Plein d'une aveugle confiance,

De la victoire par avance

Goûtant les féroces transports,

Il arrive à la brèche, il approche, il avance,

Il y monte, il s'élance,

Pour y planter son étendard !...

Mais notre bataillon qu'il croit mort ressuscite,

Se lève.., et du haut du rempart

Pêle-mêle le précipite...

Les plus déterminés roulent dans les fossés,

Entraînant avec eux le drapeau du prophète...

Par d'autres ils sont remplacés...

Ceux-ci vont vaincre... Ils seront renversés,

Culbutés, terrassés ;

Et leurs cadavres jusqu'au faîte

Remplaceront les murs abattus du réduit !

Une heure encore, et l'ennemi s'enfuit !...

VIII.

Non, il ne s'enfuit pas ; il ne bat qu'en retraite...
    Voyez !... le voilà qui s'arrête...
Le voilà qui revient... Il veut être vainqueur !
    Il revient avec le courage,
    Avec la honte et la douleur,
    Avec le fanatisme, avec la rage,
Avec le désespoir d'un homme atteint au cœur !...

Sous les murs du réduit le voilà qui s'avance...
    Bientôt l'attaque recommence

Avec plus d'ardeur que jamais ;
  Le canon, la mitraille,
Bat sans relâche la muraille...
Oh ! c'en est fait des CENT VINGT-TROIS Français !

  Leur bravoure s'est ranimée :
Ils répondent d'abord avec acharnement ;
Mais le feu de l'Emir redouble... En un moment
    La pierre est entamée,
    Trois hommes tombent morts...
Et l'assaut est donné... L'Arabe, au lieu d'échelle,
    Pour monter à la citadelle
    Se sert de poutres....

          C'est alors
Que les braves soldats du bataillon d'Afrique
    Poursuivent leur œuvre héroïque :
« Mes amis, dit LELIÈVRE, il faut savoir mourir
    » Comme on sait se défendre !...
  » Sans doute, il croit déjà, l'Emir,
    » Que nous allons nous rendre....
    » Il ne nous aura pas...
    » Tenez !... voici la mèche...

» Je suis prêt !... S'il monte à la brèche,
» Tout saute... lui, la ville et les soldats...
» Cependant, mes amis, ne perdons point courage...
» Que notre feu cesse !... Attendons !... »

IX.

Ils attendent... et quand l'ennemi, plein de rage,
    S'avance sur la brèche : « Allons,
        » Camarades, de l'énergie !
        » Dit Lelièvre à sa compagnie.
        » L'Arabe monte à l'assaut,
        » Et les étendards du prophète
        » Sont déjà plantés sur la crête
        » De notre réduit !... »

                    Aussitôt
Nos valeureux soldats que ces mots électrisent,
Comme un torrent dont les digues se brisent,
        Et qui se répand sur ses bords,

Aussitôt nos soldats sur l'ennemi se ruent,
Le sabre en main, ils frappent, tuent...
C'est une lutte corps à corps,
Une lutte acharnée, un horrible carnage...

. . . .

. . . .

Quelques instants après,
Par leur adresse et leur courage,
La victoire était aux Français !...

X.

Le lendemain (1) , au lever de l'aurore,
Mustapha-ben-Tami (2) veut ramener encore
A l'assaut ses soldats ..
C'est en vain. Démoralisées
Et de fatigues épuisées,
Ses troupes n'obéissent pas.
Le découragement a glacé leur courage,
Traversé tous leurs rangs ;

(1) Le 6. — (2) Un des lieutenants d'Abd-el-Kader..

Une amère douleur a remplacé la rage....
        De longs gémissements
S'élèvent de leur camp ; ils pleurent leurs parents,
Leurs amis, leurs chefs morts, leur défaite nouvelle...

Abd-el-Kader, voyant la victoire rebelle,
Veut ranimer aussi l'ardeur de ses soldats ,
C'est vainement encor, sa voix est méconnue.
« Mahomet est vaincu, notre cause est perdue,
» Répondent-ils. Pour nous Allah ne combat pas !
        » C'était écrit ! »

                Ils se débandent ;
Devant notre drapeau le drapeau vert s'enfuit,
        Et bientôt nos soldats n'entendent
Plus rien que le silence autour de leur réduit.....

XI.

Ceux de Mostaganem (1), dont le bouillant courage
Avait tenté trois fois de s'ouvrir un passage
    Pour arriver à Mazagran,
Voyant que les Bédouins avaient levé leur camp,

(1) La garnison de Mostaganem prit part à cette lutte. Séparée de Mazagran par une masse de sept à huit mille cavaliers, elle ne négligea rien de ce qui pouvait diviser les forces de l'ennemi. Dans ce but, elle effectua plusieurs sorties aussi habiles que hardies. Elle éprouva des pertes sensibles, mais en fit éprouver de plus sensibles encore aux Arabes.

Que la plaine était vide ainsi que les collines,
    Partent... tremblant, à chaque pas,
De trouver, sous les murs de la ville en ruines,
Les débris mutilés de nos braves soldats...

Ils marchent... et bientôt au lever de l'aurore,
Au-dessus de la ville un point frappe leurs yeux...
    C'est notre drapeau tricolore,
    Ce sont ses lambeaux glorieux...

. . . .

Nos héros sont sauvés... ils l'entourent encore!... (1)

(1) Lorsqu'on leur demanda ce qu'ils voulaient, ils répondirent par acclamation : *du biscuit, des cartouches et l'ennemi!* — C'est bien là le caractère français !......

XII.

France, voilà tes fils !... Lelièvre, c'est d'Assas,
Bisson et *le Vengeur* !... le Bataillon d'Afrique,
C'est un corps composé de ces nobles soldats
A la volonté ferme, au courage héroïque,
    Que la mort même ne vainc pas !...

O France !... si jamais l'Europe conjurée
Te défiait encor, va, relève le gant,
La victoire à tes fils est toujours assurée ;
Souviens-toi des héros vainqueurs de Mazagran !...

FIN.

TROYES, IMPRIMERIE D'ANNER-ANDRÉ.